KB116291

물슬천의 아침

책 만 드 는 집
시인선 190

물슬천의 아침

양
희
영

시
집

책만드는집

살구꽃 흐드러져 새 울음 흥건한 아침
아직도 출렁이는 강 멈추지 않으니……

시간아
천천히 가라.

2022년 1월
양희영

| 차례 |

2부

3부

4부

5부

1부

방파제

참말로 징허다잉
난전에 생선을 펴며

비리고 비린 몸내
또 비린 하루를 연다

썩을 것
씽씽한 그 말
너울 파도 밀친다

푸른 꽃

망울이 맺히다 꽃문을 닫은 모란
봄이 다 가도록 생살 문드러지는

난산의 절망 속에서도
너는 푸르구나

뽑아라 베어라 제멋대로 부는 바람
봄이 보내오는 건 그 바람만 아니니

자폐의 시간을 터트려라
탐스럽게 더 붉게

감곡오일장

유모차 부여잡고 한 몸으로 굴러와
다래 순 사위질빵 보따리째 펼치며

꿈에도 몰랐다 하네
풍랑 속 사공일 줄

고추장에 비빈 밥 굽은 허기 밀쳐둔 채
한 움큼 또 한 움큼 덤 달라는 실랑이

주름살 피우며 웃는
꽃밭 같은 장마당

출렁이는 강 멈추지 않으니

그리워
그리운 건 사람만이 아니야

아리랑
노래만으로 봇물 밀듯 가슴이 벅찬

수이푼
강가에 깃든
유허비* 붉은 숨결

* 연해주에 있는, 독립운동가 이상설을 기리는 비.

나비질

바람을 등지고 들깨를 까불러요
검불을 가벼이 바람에 날려버리며
키 잡은 손놀림대로 곡예를 하는 깨알

허공에 파도치는 신들린 묘기처럼
귓가에 차락차락 물결치는 소리로
어둠이 짙게 고이도록 키질하던 어머니

당신이 진종일 까부른 건 무언가요
깨알처럼 남는 손가락에 건 바람
알곡이 들썩일 때마다 꿈들이 영글었지요

쪽지별

빙하에 꽂혀있던
한 장 편지였으리

해오라기 물떼새가 읽고 또 읽어도

끝
끝
내
지울 수 없는
바람의 말간 눈물

다릿골의 봄

저수지 돌아 솔고개 오른 듯 아니 오른 듯
어스름 무논 바닥 금개구리 일제히 울어
봄밤도 환히 새우며 복사꽃 피는 마을

꽃눈개비 내리는 월정리를 아시는지
벌레 먹은 사연들 가가호호 아물어가고
천중도 꽃자리마다 달빛 한 채 영그는 골

고라니 별

사태 진 황토밭에 발목 빠진 아기 고라니
이미 늘어진 몸 눈도 채 못 감았네

어둠이 묻고 간 뻘에
물소리 하염없고

별 하나 없는 밤 몸부림치던 큰 눈이
어느 별을 찾아 경중거리며 들었나

뭇별이 온밤을 새우며
글썽이는 이유였네

스틸 하우스

쇠로 만든 전봇대
성냥갑만 한 구멍

문턱이 닳도록 들락거리는 참새들

돈 한 푼
땅 한 뙈기 없이
사는 소리 즐겁다

해바라기유

쓰일 대로 쓰이다 버려진 식용유
뚜껑은 열리고 찌그러진 통에서
한 생이 끓어오르다 거무스레 사그라진

인생의 거듭처럼 저 기름도 이제는 비누
차분히 눌러앉아 제 몸도 닦아낸다
다시는 버려지지 않을 아름다운 소멸

철새는 날아가고

어느새란 철새 섣달 초하루 날아와
한 장 남은 가지 있는 대로 흔들며

도대체
왜 이러고 있니
가슴 콕콕 쪼아댄다

이럴걸 저럴걸 또 그럴걸 중얼대며
하나라도 이룰까, 기를 쓰고 울다가

제야의
종소리 너머로
날아간다 어느 새

장위뉴타운

지붕이 높아서 이 층인가 종종 물었지
지하실로 장독대로 아이들이 뛰놀고
천장에 별자리 찾아 고양이가 들던 집

모란 향기에 취한 골목길 휘어지고
앵두꽃은 담 넘어 밤길 환히 비추고
호스 물 시원스레 뿌려 몸을 씻던 낡은 집

우리 사는 소리 고스란히 듣던 벽도
아무 일 없었다고 콘크리트로 덮였지
반지하 그늘에 살던 너 해를 찾아 떠났지

2부

찻물을 올리며

마음이 있는 곳을
혹시 알고 있나요

미아가 된 내가
어디서 마음을 찾는가

있어도 보이지 않아
봄바람 깊이 부는데

얼룩송아지

여태 안 하던 짓을 늙으니 다 하는구나
반찬을 흘리고 멋쩍어하시는 엄마

제발 좀 천천히 잡숫고
흘리지 마세요

밥 먹다 흘린 국물에 이제 내가 얼룩진다
조심하면 될 줄 알았지 나이라는 걸 모르고

빨아도 지워지지 않는
누런 자국 머플러

폐차장

어디로 가야 하나 바퀴 잃은 그랜저
앙상한 뼈대는 더는 쓸모가 없어
속 텅 빈 껍데기만 남아
쇳소리로 운다

핸들이 트는 대로 밟으면 밟는 대로
쉼 없이 내달리던 우직한 쇳덩어리
무쇠도 멈춘다는 걸
모르고 여기까지

명성이 최고라 해도 바람처럼 부질없어
아무도 슬프지 않은 녹물 번진 무덤가
설운 듯 고마리꽃이
비문처럼 피었다

변기 올림

오실 때 그 마음이
갈 때도 그대로이면

내가 본 모든 것을
물처럼 흘려보내리

누구도
피해 갈 수 없는
진솔한 이 시간을

기한연장

밥 대신 흘러드는 수액을 체크하며
제발 오 년만 더 내 곁에 있어달라고

여든셋 엄마를 보며
기도문 걸어뒀지

여든여덟 엄마가 덜컥 몸져누운 날
대출도 만료되면 연장을 하고 오듯

수액을 다시 매달아
그날처럼 빌어본다

그 집

개망초 무성한 당산나무 아래 빈집
대숲이 어제처럼 물끄러미 내려다보고
윤나던 쪽마루는 삭아 기우뚱 낯설다

사람도 집도 사람 온기로 산다고
그 온기 그리운가 흙벽도 부슬부슬
정지문 열어놓은 채 누구를 기다리나

처마 밑 돌절구는 방아 찧던 손을 놓고
빈 적막 덩그러니 시렁대 꽃이불 한 채
자굴산 노을빛 들여 사랑방을 꿈꾼다

패션쇼

꽃바지 꽃덧신이
마루로 건넌방으로

엄마 이모 손잡고
아이처럼 걸음마 한다

시간아 천천히 가라
풍덩하니 참 좋다

왜가리 사랑

폭염을 가리는
어미 날개가 있어

해 가는 길 따라
날개 그늘 옮기다

비로소 둥지를 뜨네 해 질 녘 되고 나서

자식들 걱정에
아비인들 다를까

지게에 적삼 걸쳐
옷 그늘에 놀게 했네

아버지 맨어깨 위로 지는 해가 뜨겁다

두 알

달떠서 건너오신 여든넷 윗집 할머니
야야 찬이 읎다 친정아부지 오셨는데
두 알만 계란 있으면 두 알만 달라신다

허공에 머물렀던 깜박이는 머릿속이
어느새 풀 죽은 손에 계란을 들려준다

온종일 뒷산 뻐꾸기는 왜 그렇게 우는지

향나무

파도치고 돌아오는
범종 소리 들으며

석실을 지키는
푸른 가사 걸친 노인

간절한 바람이 무거워
무릎마저 꿇었다

발을 위하여

온몸을 떠받치며 견디는 걸음걸음
막는 물길 앞에선 가장 먼저 젖었고
무수히 걸어온 날에 너의 공을 몰랐네

레드카펫 밟으며 빛이 나는 걸음도
때에 절어 웅크린 집 없는 발일지라도
우리가 주저앉았을 때 땅이 받든 널 보네

우수리스크 아리랑

우리말을 못 해 미안합니다 첫말에
당신 말을 몰라 나도 미안합니다
속으로 터진 울음을 웃음으로 삼켰지

예리나 김예리 쓰는 말이 달라도
우리들의 노래 아리랑은 같아서
툭 터진 물꼬를 따라 사이사이 흐르고

이리저리 꿰맞춘 절반의 문장들이
겉돌던 눈길에 촉촉한 눈 맞춤이
아리랑 그 고개 넘으며 마음줄을 엮는다

풀꽃 일기

달개비 망초꽃 여뀌 분홍 토끼풀
나팔꽃 패랭이 노란 민들레 꺾어다
넝쿨로 엮어서 만든 일곱 빛깔 머리띠

머리띠 뽐내며 강아지와 놀다 보니
더위에 지쳤나 모두 누워버렸네
시원한 얼음물 마시면 벌떡 일어날까

3부

배웅

바람의 한 생이
밤새 쓸려 간 듯

살구꽃 쏟아져
새 울음 홍건한 마당

지그시 입술 문 새벽달
눈시울이 붉구나

새벽 포구

갓 잡힌 우럭이 살겠다고 튀어나와

하루를 열어젖히며 꿈틀대는 부둣가

숭어가 펄펄 뛰듯이 활기로 요동친다

염장은 질러도 아귀다툼은 없는

어둠마저 포획된 돌산 내항 어판장

그날이 그날 같은 날 새벽항에 오시라

확률

바람난 연둣빛 따라 산길을 쏘다니다 절로 피어 이름 모를 들꽃을 검색하니 여뀌면 여뀌인 거지 여뀌 확률 70%

현호색 구슬붕이 노루귀도 턱걸이 확률 영국산 본차이나 장미 확률 51% 사람을 검색한다면 나는 무슨 꽃일까

노인과 바다

역전 뒷골목에 순두부 파는 노인
냄비 국자를 건 포장마차를 끌며
이것이 내 밥줄이어 어둑한 수평선으로

손 놓지 못하고 매단 게 국자뿐일까
이 줄 저 줄 엮어 출렁이며 가는 거지
애당초 금수저 같은 거 물고 나오지 않았어

와인 글라스를 기울이지 않아도
뜨끈한 순두부에 한 잔 술 넘기는 맛
밤바다 작은 고깃배에 순한 어족이 모인다

물슬천의 아침

도요새 오는 소리
가시연 지는 소리

억새꽃 빛나는 갈채
아니어도 좋으리

새벽 강 어루만지며
피어나는 물안개

혼밥

날개가 머무는
먼먼 저 가지 끝

등에 걸린 노을처럼 직박구리는 붉어서
빈 둥지 들락거리며 노래하나 울고 있나

함께 겨울나던
부리들은 어디로

접힌 시간 속에 혼자 남아 기우는
너와 나 다를 게 없네 저물어가는 밥때

수수깡 노래

허접한 글 보니 속마저 비었구나
잔머리 굴려도 그 나물에 그 밥
묵은 지紙 다듬어봐도 깊어질 줄 모르고

빼어난 글을 낚던 이태백이 하듯이
알딸딸한 詩끼로 지어보는 이 노래
속이 빈 나의 글발은 울음조차 못 뱉네

지금 꼭 아니어도

물그림자 이는 그 물빛 너무 깊어
벌거벗은 두 발이 새봄을 신습니다
맨발이 읽으며 가는 갈피갈피 새재 길

더듬더듬 집 찾는 길섶 통거미와
틈틈이 든 볕살에 시린 발을 녹입니다
제치고 앞서가는 일 가만 내려놓으며

옛길 책바위에 돌멩이를 올리고
산길에 흠뻑 물든 나도 슬쩍 얹어놓고
맨발이 걸어갑니다 지금 꼭 아니어도

황악 답신

황악에 펼쳐놓은
두루마리 편지리

하늘땅 소리 받아
적어내는 능여계곡

굽이쳐
흐르고야 마는
백수의 눈물이리

저녁으로 가는 길

사람이 죽고 나면 꽃이라도 산 게 아녀
누가 탐을 낼까 알고선 안 가져가지

하나둘 나누고 비우며
채비하는 어머니

아들딸 밀고 당기던 초록 깃 빨간 이불
먼지 난다고 야단치던 손사래도 실려 간다

아득히 빈 하늘 너머
흔들리는 웃음소리도

쓰레기의 기도

제 손으로 버리고
더럽다고 하지 않기를

부디 내 이름으로
누구도 불리지 않기를

훗날에 날 버린 만큼
짊어지지 않기를

엄마의 가을

화장 곱게 하는 아직 여자인 울 엄마
단풍 든 산이 좋아 환장한다는 가을

원통산 한 자락 당겨
놓아드릴까 그 앞에

나이도 깊어가니 살아있는 게 힘들다
산 어디 물푸레나무로 나부끼고 싶구나

굽이쳐 서늘한 길에
닮은꼴 긴 그림자

예스부동산

코끝 어는 한겨울 여자가 들어섰다
때에 전 소맷자락 겹겹 층층 치맛단
먼 나라 뜨내기 별이 저리 흘러왔는가

옷 깊숙이 감춘 돈 봉지 꺼내 들고
기죽은 소리로 몸 누일 방을 구한다
못 볼 꼴 벌레이던가 등 돌리는 방 주인

다를 게 뭐 있나 빈곤의 덫에 걸렸을 뿐
온 데로 가야 하는 살아서 살아내야 하는
김 서린 유리창 너머 그곳이 아득하다

4부

비화옥

메마른 땅에도
울음이 고였구나

모래눈물 머금어도
핏빛으로 살아남아

손잡은
가시 옷 가시꽃
가시꽃 저 가시 옷

아궁이 백서

묵혀둔 아궁이에 장작을 지피려면
왜 이제 왔냐고 매캐한 연기 내뱉는다

고래를 어르고 달래며
개자리 넘어가는 길

겨우 마음 열어 굴뚝으로 통하면
나무든 짚이든 생가지나 마른 가지나

흔쾌히 받아들인다
이제 속을 텄다

피자두

이보게 우리 자두 두어 상자 팔아줄랑가
여든 줄이 넘어 있던 트럭도 보냉께

농익어 물러터져도
팔아볼 길 없당게

자두도 할머니도 익으며 물러가며
그렇게 물러터지다 흙이 되고 말겠지

나이가 들어갈수록
야물어지면 어때서

파일명 상족암

썰물이 걸어 나가 드러난 갯바위에
철석같이 달라붙은 거북손 따개비는
층층암 저 zip 파일에 입을 꾹 다문다

소금기 그득한 바람도 난공불락
불굴의 바다도 손대지 못한 중생대
그 누가 압축파일을 풀어낼 수 있을까

공룡이 걸어서 동굴로 막 들어간
발자국만 넌지시 풍문처럼 보여주는
억겁의 시간을 열어 엔터키를 눌러라

산중호걸

도도히 올라앉은
으아리꽃 산그늘에

세상일 난 몰라
노래하는 검은등뻐꾸기

짊어진
걱정거리는
홀딱 벗고 오라네

채윤이 집

의자와 자전거를 보자기로 덮은 집
방석을 깔고 동화책도 가지런히

여기는 내 공간이에요
집 속의 작은 집

할머니 초대하면 군밤도 따라와요
오는 날 지었다가 가는 날 허무는

세상에 가장 가벼운
콧노래가 사는 집

너울 사이에

ㅂ 양반 오셨는가 문 열어주는 남편
   주 보고 웃어도 흔들리는 기류에

이제는
내 맘대로 할 끼다
어깃장을 놓는데

통쾌   그 말 왜 이렇게 눅눅할까
안이면 어떻고 밖이면 어떠한가

밥솥을
슬쩍 열어보니
주걱이 다녀간 자리

화엄제비꽃

소문난 의원 찾아 전국을 다녔어도
그예 내 동생은 이름만 두고 가버렸지
논두렁 몇 지나야 닿는 외진 산기슭으로

정을 끊어내는 오싹한 무서움을
눈에 밟히어 잠들 수 없는 밤을
덧없는 들바람 맞으며 삭였다는 엄마

시간이 약이라는 남들 하는 그 소리
살 비비던 자식의 생생한 하루해는
구천에 닿는 날까지 가슴에 옹이 지리

여기에

못 잡을 사람의 마지막을 지키며

세상일 따지고 보면 아무것도 아니네

중한 건
숨을 쉬는 거
여기에 있는 거

NO 끈

옆집 할배 덫에 걸려든 오소리
겁에 질린 눈으로 노끈에 묶여있다

쓸개는 약발 좋다나
듣는 귀 여기 있는데

눈앞에 두고도 풀어주지 못해서
외면한 마음 한 자락 올가미에 걸려

산목숨 그 눈빛 내내
나를 따라다닌다

겨울이 오면

사탕으로 만들어도 쓰다 하는 시어머니
송송 썬 김치에 양념장 듬뿍 얹은
겨울엔 시어머니가 쑨 메밀묵이 먹고 싶다

먼 길 단디 온나 애타게 기다려주고
장날엔 자반 굽자며 쌈지를 여셨지
그때는 동네 어귀부터 마음이 설레었지

빛바랜 사진첩 벚꽃처럼 웃음 짓다
산굽이 자진나래 진즉에 가신 어머니
한겨울 어깨 위 눈발로 닿으려나 우리는

개미 입말

꽃이라 그냥 두니
마구 퍼지는 토끼풀

호미로 캐내는데 불개미가 깨문다

풀과 꽃
경계를 묻는
개미 입말 따갑다

X의 값

통증을 숫자로 말하라는 의사 선생님
아픔을 나열해 보다 수치에 대입하며

고통이 지르는 소리
8이라고 답한다

마음이 아파서 딱 멎을 것만 같을 때
죽음의 고통은 과연 숫자로 측정될까

살아서 살아있어서
통증에 매달린 값

5부

청수리 반디

곳자왈 걸어보았니
불 없이 불을 찾아

발소리 가만가만
보이지 않는 길 가면

내 어둠
거두어 가는
웃뜨르 꽁지불

똥 도둑 시인

길 건너 비알밭에 잔뜩 눌어붙은 쇠똥
눈감고 딱 세 덩이만 훔쳐 오고 싶었지

한참을 별렀는데 그만
갈아엎어 버린 똥

겨울을 난 똥은 나무에도 보약이지
아깝다 사과나무야 진즉에 집어 올걸

이 사람 니 똥 도둑이가
그러고도 시를 써!

시루 위에 꽃

야물던 며늘애 세상 뜨는 바람에
방앗일로 손주들 멕이고 거뒀시유
아니쥬 고 눈망울들이 할미를 부축했쥬

눈물진 소금 뿌려 쌀가루를 안치면
시루에 김 오르며 아득한 생극방앗간
한 치 앞 보이지 않아 노래질 때도 있었지

푹 쪄진 떡시루 단번에 뒤엎는다
불덩이 같은 속 창시도 후련하게
그렇게 엎어버려야 팔자까지 엎을 듯

다시 목포

산허리에서 보면
남도의 젖줄이지

유달산이 두루 품어
더는 울지 않는 항구

끝없이 거슬러 오르네
다시 물결을 보네

꽃도 잊었네

수십 년 몸이 알던 기억도 사라지는가
함박꽃 흐드러지게 핀 오월은 왔는데

마음줄 놓아버리네
바지런하던 할머니

일꾼 새참 주다 국수 들고 건너오던
네 꽃 내 꽃 없이 꽃 보면 환장하던 꽃

가방에 신문지 욱여넣고
미로를 가시네

너는 누구에게

낮은 키 용담 옆에 모른 듯 자리 잡고
나 몰라라 퍼지는 코스모스 곁가지

얄미워
확, 뽑아낸다
으름장 놓다가 만

그 분홍 코스모스 하늘빛을 받든다
너는 누구에게 그늘인 적 없었나

작은 키
큰 키 기대어
함께라서 좋으니

생의 맛

줄어든 막대사탕
바라보는 아이처럼

허물어진 탯자리
서성이는 사내처럼

살아도
목이 마르는
각이 진 소금처럼

운수 좋은 날

안전벨트 안 맨 채
창녕장에 나가다

아뿔싸 저 앞에 손짓하는 젊은 경찰
황급히 잡아당기던 벨트가 멈춰버렸지

할매 그 손 놓이소
몬 논다 니라면 놓겠나

꼭 잡고 눈 꽉 감으니 그마 가이소 하데
세상이, 이래 살맛 나네 입이 귀에 걸렸지

비 그친 오후

잃어버린 여유를 다시 찾아 나선 월악
여기선 고요마저 초록으로 물든다

사람을 보듬어주는
세상의 순한 그늘

겹겹이 여미어둔 입 마른 기억들이
한 자국씩 가다 보면 만나는 제비봉

가슴에 차오른 울음이
걷힌다 안개처럼

꽃자리

발 내린 그대로
어디라도 괜찮아

바위 틈새 핀
취나물 저 하얀 꽃

벼랑도
벼랑 아니네
보란 듯이 피었네

붉은 비

이따 보자는 그 말 지킬 수 있을지
집을 나서며 문득 뒤돌아본다
참상이
일상이 돼버린
가자지구 사람들

한 줄 글도 생각도 바다마저도 갇힌 채
백린탄으로 퍼붓는 불의 빗줄기에
저 혼자
살아남은 아이가
걸어갈 눈물의 땅

떡갈나무 숲에서

갈잎은 소소소소 동고비는 삐익삐익
오케스트라 아니어도 귀가 솔깃한 저녁

고요를 사그락거리며
바람 소리 맴돈다

겨울 숲의 파수꾼은 어쩌면 떡갈나무 잎
가장 늦게 내리는 고엽에도 봄이라

떠날 때 그때를 알아
깍짓손을 풀겠지

가을별곡

찬 기운 가을비에 속절없이 잎 지고
눈을 떠도 캄캄한 여기 없는 너 있는 곳
바람이 날리는 것은 잎도 꽃도 아니다

주인 잃은 수저 한 벌 밥상머리에 놓여
이 아침 뒤척이는 허허로운 잿빛 하늘
대숲을 지나는 바람 젖은 가슴 치고 간다

발끝에 자꾸 채는 그 목소리 그 얼굴
낙엽 위로 툭 툭 떨어지는 눈물꽃
이 가을 붉은 자국은 잎도 꽃도 아니다

새벽 강 어루만지며 피어나는 물안개

유성호 문학평론가·한양대학교 국문과 교수

1. 살구꽃 흐드러져 새 울음 흥건한 아침

우리는 내면과 세계의 원리가 서로 온전하게 상응相應하지 못하는 불화와 불모의 시대를 살아가고 있다. 근자에 우리가 쓰고 읽는 서정시들이 내면과 세계 사이의 화음보다는 날카로운 파열음을 드물지 않게 보여주는 것도 어쩌면 자연스러운 일일 것이다. 그렇다고 모든 서정시가 그럴 필요는 없을 것이다. 그러한 균열 속에서 우리는 아직도 어떤 '충만한 현재형'을 노래해 가는 것이 서정시의 견고한 역할이라고 믿기 때문이다. 이때 우리는 우리 고유의 정형시인 '시조'야말로 이러한 가능성을 극점으로 끌어올리는 맞춤한 양식이라고 생각하게 된다. 그것은 절제와 균형의 미학을 이루어가는 시인들의 적공積功이 우리 시대에 역설적 대안이 될 것이기 때문일 것이다. 물론 시조의 미학적 역할은 시조 나름의 존재 조건에 대한 탐색과 개진을 거쳐 이루어져 가고 있다. 그것은 고시조를 넘어 현대성을 확보해 가는 과정을 통해 독자적 현대시로서의 위상을 확보해 가는 것을 말한다. 그 점에서 소재와 주제의 확산을 통해 낡은 고시조를 넘어서고 충실한 율격을 통해 난삽한 자유시 또한 넘어서는 일이야말로 현대시조에 주어진 매우 중요한 양식적 정체성이라고 할 수 있을 것이다. 양희영 시인이 펴내는 첫 시조집 『물슬천의 아침』은 이러한 현대시조의 과제에 응답하는 주목할 만한 결과로서 "살구꽃 흐드러져 새 울음 흥건한 아침"(「시인의 말」) 같은 청신하고 아름다운 감각으로 충일한 성과라고 할 수 있을 것이다. 누구든 첫 작품집은 얼마나 설레는 일인가? 이제 그 안에 절절하고도 아름답게 담긴 미학적 고갱이를 한번 펼쳐보도록 하자.

2. 존재의 기원에 대한 상상적 경험으로서의 기억

먼저 양희영 시인의 언어 속에 깃들인 시간 형식에 한 번 주목해 보자. 물론 그것은 아득한 지난날을 소환하고 현재화하는 기억의 작용을 들여다보는 일이 될 것이다. 이때 '기억'이란 서정시가 구현할 수 있는 시간예술로서의 속성을 한껏 충족하면서, 누군가의 오랜 기원origin을 유추하게끔 하는 유력한 형질로 기능하게 마련이다. 우리가 지나온 시간은 서정시 안에서 대부분 기억의 형태로만 존재할 것이기 때문이다. 그만큼 기억이란 서정시가 중심적으로 지켜온 제일의 기율이기도 하고 잊힌 것들을 재구再構하는 데 빠져서는 안 되는 경험적 방법이기도 하다. 양희영 시인은 자신만의 고유한 기억을 통해 자신의 삶을 가능하게 했던 근원적 시간을 탐구해 간다. 그렇게 그녀는 근원적 사유와 감각으로 나아가면서 자신의 현재형을 섬세하게 살피고 있는 것이다. 그리고 그녀의 시조에 깃들인 경험적 실감이나 무게는 그녀만의 탁월한 개성을 담고 있는데, 그것은 그녀가 삶의 활력을 노래할 때나 슬픔을 담아낼 때나 마찬가지로 작동하는 핵심적 면모라 할 것이다. 뭇 생명들의 구체적인 삶의 과정이 세

런되게 응축되어 있는 양희영의 시조는 그 점에서 개별성과 보편성을 통합한 사례로 우리에게 훤칠하게 다가오고 있다. 그만큼 양희영의 시조는 서정시가 개인적 결실이면서 동시에 보편적 삶을 노래하는 양식임을 선명하게 알려준다. 개인적 기억을 통해 보편적 이법理法으로 도약하고 승화해 가는 그녀의 다음 작품들을 읽어보자.

바람을 등지고 들깨를 까불러요
검불을 가벼이 바람에 날려버리며
키 잡은 손놀림대로 곡예를 하는 깨알

허공에 파도치는 신들린 묘기처럼
귓가에 차락차락 물결치는 소리로
어둠이 짙게 고이도록 키질하던 어머니

당신이 진종일 까부른 건 무언가요
깨알처럼 남는 손가락에 건 바람
알곡이 들썩일 때마다 꿈들이 영글었지요
―「나비질」 전문

폭염을 가리는
어미 날개가 있어

해 가는 길 따라
날개 그늘 옮기다

비로소 둥지를 뜨네 해 질 녘 되고 나서

자식들 걱정에
아비인들 다를까

지게에 적삼 걸쳐
옷 그늘에 놀게 했네

아버지 맨어깨 위로 지는 해가 뜨겁다
　－「왜가리 사랑」 전문

　시인의 기억은 어머니의 잔상殘像이 어린 '나비질'을
향한다. '나비질'이란 곡식에 섞인 쭉정이나 검부러기 등
을 날리기 위해, 나비가 날개를 치듯 키를 부쳐 바람을 일

으키는 동작을 말한다. 어머니는 아마도 바람을 등지고 들깨를 까부르고 검불을 날려버리며 키 잡은 손놀림대로 곡예를 하셨을 것이다. 그렇게 허공에 파도치던 신들린 묘기는 시인에게 "차락차락 물결치는 소리"로 혹은 "어둠이 짙게" 고인 형상으로 남았다. 그리고 어머니는 진종일 "깨알처럼 남는 손가락에 건 바람"에 삶을 내맡기셨을 것인데, 알곡이 들썩일 때마다 영글어가던 꿈이 말하자면 어머니에 대한 시인의 그리움으로 남은 것이다. 그런가 하면 시인은 아버지의 영상을 좇기도 한다. 어미 왜가리는 해 가는 길을 따라 날개로 그늘을 만들어 폭염을 가린다. 뉘엿뉘엿 볕이 사라져 가는 저녁이 되어서야 둥지를 뜨는 왜가리의 사랑은 바로 이 순간, 자식들을 걱정하던 아버지의 그것으로 전이되어 간다. 지게에 적삼 걸쳐 옷 그늘에 놀게 해주시던 아버지의 어깨는 언제나 든든했고 그 위로 태양은 아버지의 노동을 뜨겁게 달구곤 했을 것이다. 잠깐, 시인에게 "너는 누구에게 그늘인 적 없었나"(「너는 누구에게」) 하는 생각도 스쳐 갔을 것이다.

이처럼 양희영 시인에게 어머니와 아버지의 삶은 가장 중요하고도 지속적인 존재론적 기원이 되어준다. 가족 혹은 가족의 삶이란 누구에게나 가장 깊은 기억의 뿌리

이자 지나온 시간을 거슬러 오를 수 있는 일차적 실재일 것이다. 이때 시간을 역류하는 기억은 과거를 향하는 퇴영적 행위가 아니라 지난 시간을 원초적 경험 형식으로 복원하면서 동시에 그것을 현재와 연루시키는 행위로 몸을 바꾸게 된다. 양희영 시인은 바로 그러한 기억 작용을 통해 자신의 존재론적 기원을 혼신의 힘으로 노래하는 것이다.

개망초 무성한 당산나무 아래 빈집
대숲이 어제처럼 물끄러미 내려다보고
윤나던 쪽마루는 삭아 기우뚱 낯설다

사람도 집도 사람 온기로 산다고
그 온기 그리운가 흙벽도 부슬부슬
정지문 열어놓은 채 누구를 기다리나

처마 밑 돌절구는 방아 찧던 손을 놓고
빈 적막 덩그러니 시렁대 꽃이불 한 채
자굴산 노을빛 들여 사랑방을 꿈꾼다
　－「그 집」전문

앞의 작품들이 어머니와 아버지의 시간을 향했다면, 이번에는 '그 집'이라는 공간이 주인공으로 등장한다. 개망초 무성한 당산나무 아래 놓인 '빈집'은 대숲의 규모와 자태는 그대로 거느리고 있지만 "윤나던 쪽마루"는 삭아서 낯설게만 보인다. 사람도 집도 "사람 온기"로 산다는데 그 온기가 오래전 떠난 탓일 것이다. 그 온기를 그리듯이 흙벽은 정지문 열어놓고 누구를 기다리는 듯하다. 그리고 그 집에는 사람 떠나고 남은 사물들이 손을 놓은 채 "빈 적막"만 지키고 있는 것이다. 잠깐, "시렁대 꽃이불 한 채"가 지는 노을빛을 끌어들여 사랑방을 꿈꾼다는 역설이야말로 가장 아름다웠던 지난날의 기억에 대한 미학적 헌사라 할 것이다. 그리고 이러한 헌사 안에 "수십 년 몸이 알던 기억"(「꽃도 잊었네」)이 지금도 농울치고 있을 것이다.

이렇듯 양희영 시인은 보편적 삶의 이치에 대한 성찰의 음역音域을 통해 사물 속에 선명하게 담긴 시간의 흐름을 읽어내면서 일상적 감각으로는 포착하기 어려운 상상적 질서를 은유해 간다. 그러한 노력이 우리의 감각과 인식을 갱신하면서 삶에 대한 경이를 경험하게끔 해주는 것이다. 기억을 통한 삶의 근원적 이치를 탐구하는 서정시의 존재론으로 그녀는 이미 충일하고 당당하다. 원래 서정시는 시간에 대한 기억을 재구성하는 양식적 특성을 지님으로써 어떤 존재론적 근원을 다루게 되고, 우리는 서정시가 수행하는 이러한 원리를 따라 존재의 기원에 대한 상상적 경험을 치르게 된다. 그녀의 시조는 그 점에서 그리움을 주조主潮로 하는 회귀의 언어를 통해 우리로 하여금 가장 근원적인 삶의 이치를 경험하게끔 해주는 미학적 실례로 기억될 것이다. 그리고 양희영은 그리움의 정서를 사적私的 경험으로부터 근원적 경험에 이르기까지 폭넓은 진폭으로 형상화하여 개인적 기억의 권역을 넘어섬으로써 퇴행적이지 않고 오히려 우리의 현재적 삶에 든든한 자양이 되어준 시인으로 남을 것이다.

3. 삶에 대한 공감과 사랑의 시선

그런가 하면 양희영 시인은 동시대의 가파르고도 구체적인 인간사를 다양하게 노래해 간다. 이번 시조집에서 가장 눈에 띄는 음역은 자기 자신을 새삼 바라보고 있는 시인의 모습인데, 하지만 이러한 시인의 태도는 자기 자신에 대한 매혹에 근원을 두는 나르시시즘과는 전혀 차원이 다른 것이다. 오히려 그것은 오랜 시간을 반추하면서 삶을 반성적으로 바라보는 성찰적 자세라고 할 수 있을 것이다. 그리고 그러한 시선은 어느새 타자의 삶을 관찰하고 표현하는 넉넉한 품으로 전이되어 간다. 그 관심은 타자의 삶을 낱낱으로 재현하는 데 있지 않고 '지금-여기'를 살아가는 이들의 현재형을 살피고 보듬어 더 나은 세상으로 나아가고자 하는 시인의 따듯한 마음을 담고 있는 것이다. 그 점에서 시인이 선택하고 구성하는 삶이란 그녀의 시적 구심력과 원심력의 향방을 분명하게 알려준다. 가령 그녀의 구심력이 자신의 존재론을 향하는 것이라면 원심력은 동시대를 고단하게 살아가는 뭇 타자들을 향하게 된다. 이때 우리는 좋은 서정시가 자기 고백과 자기 확인을 일차적인 창작 동기로 삼고 있지만 심층적 차원에서는 삶의 주변부에서 살아가는 이들의 아름답고 아픈 이야기를 중심 뼈대로 삼는 경우가 많다는 사실을 선연하게 알아가게 되는 것이다.

　　유모차 부여잡고 한 몸으로 굴러와

다래 순 사위질빵 보따리째 펼치며

꿈에도 몰랐다 하네
풍랑 속 사공일 줄

고추장에 비빈 밥 굽은 허기 밀쳐둔 채
한 움큼 또 한 움큼 덤 달라는 실랑이

주름살 피우며 웃는
꽃밭 같은 장마당
　－「감곡오일장」 전문

　양희영 시인은 감곡오일장에서 사람살이의 구체성과
그 살가움을 느낀다. 유모차 부여잡고 굴러온 이가 보따
리째 펼쳐내는 다래 순이며 사위질빵 같은 세목은 "풍랑
속 사공일 줄" 꿈에도 몰랐던 시간과 함께 삶의 애환哀歡
을 고스란히 거느린다. 그렇기 때문에 그네들의 "굽은 허
기"며 "덤 달라는 실랑이"를 불러오는 "주름살 피우며 웃
는/ 꽃밭 같은 장마당"이야말로 인생의 고되고도 아름다
운 축도縮圖로 다가오는 것이다. 시인은 자신의 고향 충북

음성 감곡오일장에서 그러한 풍경을 바라보면서, 마치 우리에게 중한 것은 "숨을 쉬는 거/ 여기에 있는 거"(「여기에」)라고 말하는 듯이 고향 사람들의 풍경을 애지중지 첫 시조집 안으로 환하게 불러들이고 있다.

> 이따 보자는 그 말 지킬 수 있을지
> 집을 나서며 문득 뒤돌아본다
> 참상이
> 일상이 돼버린
> 가자지구 사람들
>
> 한 줄 글도 생각도 바다마저도 갇힌 채
> 백린탄으로 퍼붓는 불의 빗줄기에
> 저 혼자
> 살아남은 아이가
> 걸어갈 눈물의 땅
>   -「붉은 비」 전문
>
> 발 내린 그대로
> 어디라도 괜찮아

바위 틈새 핀

취나물 저 하얀 꽃

벼랑도

벼랑 아니네

보란 듯이 피었네

　－「꽃자리」전문

　앞의 작품은 '가자지구'라는 명료한 고유명사가 모든 시공간을 다 드러내고 있다. 그곳은 다시 만나자는 약속도 지켜질지 알 수 없는 암담한 갈등과 분쟁의 땅이다. 팔레스타인 자치 구역으로서 이스라엘과 갈등하고 싸우는 이곳 사람들은 무력 충돌이 빈번하게 발생하는 '세계의 화약고'에서 살아가기 때문이다. 말하자면 그네들은 "참상이/ 일상"이 된 곳에서 글도 생각도 바다도 모두 갇힌 채 "백린탄으로 퍼붓는 불의 빗줄기"에서 살아갈 뿐이다. 이 혹독한 폭력의 소용돌이에서 시인은 "저 혼자/ 살아남은 아이가/ 걸어갈 눈물의 땅"을 비감 어리게 바라본다. '붉은 비'라는 전쟁의 비유 속에서 인간 비극의 한 정점을 바라보고 있는 것이다.

그런가 하면 '꽃자리'라는 은유로 삶을 긍정하는 시조도 양희영의 손에서 삐죽 존재를 내민다. 발 내린 어디라도 괜찮은 곳에서 자신을 증명하는 존재자들의 위의威儀를 시인은 옹호해 간다. "바위 틈새 핀/ 취나물 저 하얀 꽃"은 벼랑도 벼랑 아닌 곳에서 보란 듯이 피어난다. 그러니 그 가파른 '꽃자리'야말로 모든 존재자들을 품어주는 우주 전체이기도 하고, 누군가에게 주어진 가장 고유한 삶의 터이기도 할 것이 아닌가. 그렇게 "하늘땅 소리 받아/ 적어내는"(「황악 답신」) 곳에서 뭇 생명들이 자라가고 있으니 '꽃자리'는 '붉은 비'와 대척점에서 삶의 복합적 비의秘義를 전해주고 있는 것이다.

양희영 시인은 세속의 번다함으로부터 벗어나 고전적 세계를 구축하면서도 삶의 다양한 굴곡과 경험 속으로 우리를 이끌어 들이기도 한다. 그것은 이른바 역진逆進의 미학을 추구하면서도 우리 삶에 내적 충격을 주면서 다양한 변형을 꾀하는 인생론적 의지로 나타난다. 한편으로는 생략과 응축의 방법론으로 언어에 가닿고 다른 한편으로는 남다른 아름다움을 품은 삶의 미학을 보여주면서 시조 창작을 지속해 가고 있는 것이다. 이러한 지향이

따뜻한 연대連帶로 거듭나면서 양희영 시조는 어둑한 현실에 맞서는 공감과 사랑의 시선을 보여준다 할 것이다. 한없는 애정과 그리움으로 삶에 대한 통찰을 깊게 해가는 이러한 시편들을 통해 우리는 양희영 시조의 외따롭지만 강렬한 열정을 경험하게 되는 것이다.

4. 스스로에게 회귀해 가는 미학적 방법으로서의 시조

말할 것도 없이, 서정시는 특유의 역동적 상상력을 통해 일상에 편재遍在해 있는 불모성을 치유하고 우리로 하여금 새로운 소통 가능성을 꿈꾸게끔 하는 언어적 양식이다. 특별히 양희영 시인은 자신의 오롯한 사유와 감각을 통해 사물의 생성과 소멸의 질서를 균형적으로 형상화함으로써 이러한 치유와 소통의 방법을 극대화해 간다. 그녀는 서정시의 이러한 직능을 자신의 시조 미학을 통해 적극적으로 실현해 가는 것이다. 말하자면 세계와 내면에서 생성되고 사라져 가는 감각을 다양하게 재현하는 데 공을 들이면서, 그 감각을 삶의 경이로운 자각 과정으로 현상하는 데 매진하는 것이다. 또한 시인은 자신

의 시조에 대하여 새로운 도전과 도약을 상상하면서 그
것을 이번 첫 시집의 배음背音으로 배치하고 있는데, 그것
은 '말(언어)' 혹은 '시(시조)'에 관한 자의식으로 하나하
나 번져가는 특성을 취하고 있다. 일견 메타적으로 들리
는 이 생동감 있는 목소리는 그녀가 가질 법한 언어적 사
유의 정점을 절정에서 암시해 준다. 이때 그녀는 시조가
단순한 언어예술이 아니라 결국 스스로에게 회귀해 가는
유일한 미학적 방법임을 고백하는 것이나 다름없다. 그
러한 지속적 방식을 통해 그녀는 자신을 치유하며 개진
해 가는 기억을 아름답게 만들어가고 있는 것이다.

　　빙하에 꽂혀있던
　　한 장 편지였으리

　　해오라기 물떼새가 읽고 또 읽어도

　　끝
　　끝
　　내
　　지울 수 없는

바람의 말간 눈물
　　－「쪽지벌」전문

마음이 있는 곳을
혹시 알고 있나요

미아가 된 내가
어디서 마음을 찾는가

있어도 보이지 않아
봄바람 깊이 부는데
　　－「찻물을 올리며」전문

　쪽지벌에서 양희영 시인은 "빙하에 꽂혀있던/ 한 장 편
지"를 은유적으로 발견한다. 그 편지는 해오라기 물떼새
가 읽고 읽어도 지울 수 없었던 '바람의 눈물'을 품고 있
다. "끝/ 끝/ 내" 지워지지 않은 "바람의 말간 눈물"이야말
로 신성神聖의 흔적이자 시인의 마음속에 근원적으로 담
겨 있는 '시(시조)'의 다른 이름일 것이다. 또한 그녀가 써
가는 시조는 "마음이 있는 곳"이며 "미아가 된" 시인이 스

스로 마음을 찾는 곳이기도 하다. 마침내 "있어도 보이지 않아/ 봄바람 깊이 부는" 곳에서 찻물을 올리며 시인이 깨닫는 진실은 소리와 침묵, 찻물과 바람의 조화로운 공존 속에서 발견해 가는 "씽씽한 그 말"(「방파제」)일 것이다. 비록 "속이 빈 나의 글발은 울음조차"(「수수깡 노래」) 뱉지 못하고 살아갈지라도 시인으로서는 자신의 시조를 통해 가장 신성하고 근원적인 시공간을 탈환해 가고 있는 것이다.

결국 양희영 시인은 시간의 가혹한 무게를 견디면서 자신만의 진정성을 통해 우리로 하여금 생성적인 기억을 하염없이 부조浮彫하게끔 만들어준다. 이는 베르그송H. Bergson이 '지속의 내면적 느낌'이라고 강조한 그 의미와 퍽 가까운 함의를 지닌다. 말하자면 시간의 흐름이 삶에 항구적으로 실재하고 있음을 증명하는 것인데, 특별히 그녀에게 그것은 시조를 써가는 경험으로 현재화하고 있고, 그녀는 그것을 통해 자신의 시조를 실존적 성찰의 사건으로 바꾸어갈 수 있었을 것이다. 그 점에서 양희영 시인에게 '시조'는 언어의 도구적 기능을 넘어 언어를 통해 유일무이한 실존에 가닿는 미학적 과정이자 결실이 되어준 셈이다.

도요새 오는 소리
가시연 지는 소리

억새꽃 빛나는 갈채
아니어도 좋으리

새벽 강 어루만지며
피어나는 물안개
　－「물슬천의 아침」 전문

　이제 마지막으로 이번 시조집의 표제작을 살펴보도록
하자. 소리 내어 읽어도 좋으리라. 이 시편은 창녕 물슬천
에서 시인이 귀 기울이는 어떤 소리들로부터 시작된다.
그것은 "도요새 오는 소리"와 "가시연 지는 소리"이다. 이
소리들은 억새꽃 빛나는 갈채가 아니어도 그 자체로 아
름다운 신성의 자국이 아닐 수 없다. 거기에 "새벽 강 어
루만지며/ 피어나는 물안개"까지 보태지면, 물슬천의 아
침은 가장 아름답고 신비로우며 경이롭게 찾아온 신성
그 자체가 되고도 남는다. 물슬천에서 들려오는 아침의

소리야말로 양희영 시조의 수원水源이요 궁극의 경지를 암시하는 은유적 상관물인 셈이다. 그리고 '물슬천'이라는 아름다운 이름도 이번 시조집을 통해 세상에 각인될 것이다.

이렇게 다양하고도 아름다운 미학적 파문을 그리면서 양희영 시인은 확연한 구심보다는 다양한 원심을 택하여 자신의 시조를 풍요롭게 만들어간다. 그것은 시간에 대한 다양한 경험과 해석, 기억의 소중한 인화와 재구, 언어 탐색을 통한 섬세한 자의식 등으로 나타난다. 이러한 자신만의 세계를 아름답게 완성한 이번 첫 시조집을 두고 우리는 그녀가 앞으로 이루어갈 자기 탐구의 세계를 오래오래 바라볼 수 있었으면 하는 소망을 가져보게 된다. 그 안에 담긴 아름다운 기억은 그녀로 하여금 세상이 살만한 것이라는 사실을 알게 함으로써 위안과 치유의 시학을 구현해 줄 것이기 때문이다.

5. 진정성과 속 깊은 마음으로 가닿는 정형 미학

지금까지 우리가 천천히 읽어온 것처럼, 양희영의 시

조는 우리가 살아가는 현실과 우리가 꾸는 꿈 사이에서 쓰인 결실이다. 현실이나 꿈 어느 한쪽으로 치우치지 않고 시인은 그 균형 속에서 복합적 사유를 수행해 간다. 그래서 그녀의 시조는 우리의 고된 현실을 드러내면서도 그것을 치유할 수 있는 순간적 꿈을 마련하여 현실과 꿈의 접점을 풍요롭게 암시해 준다. 우리는 그 오랜 꿈이야말로 삶 곳곳에 담긴 폐허의 기운을 치유하고 새로운 미학을 추구하게 해주는 형질이 되어준다고 믿는 것이다. 그렇게 양희영의 첫 시조집은 현실과 꿈의 접점을 통해, 그것을 확산시켜 가는 온몸의 상상력을 통해, 무엇보다도 자신의 삶을 가능하게 해준 기원을 탐구하는 고전적 태도를 통해 줄곧 나타나고 있다. 무일無逸에 든 서정의 세계를 보이는 그 목소리는 사물의 개별성을 전혀 훼손하지 않으면서도 그 안에서 삶의 깊은 이법을 유추해 가는 상상력을 따뜻하고 단단하게 들려준다. 요컨대 그녀는 심미적 서정과 균형 감각을 통해 현대시조의 지경地境을 한없이 넓혀가고 있는 것이다.

또한 그녀의 시조는 율독의 섬세한 배려를 특성으로 하고 있기도 하다. 그 점에서 그녀는 형식적 제약을 충분히 감내하면서도 기억할 만한 사유와 감각을 보여주는 정형의 사제로 자신을 등극시킨다. 언뜻 외적 제약으로만 보이는 '정형'이 그녀에게는 불가항력의 굴레가 아니라 자발적으로 택한 길이요 마당이었던 셈이다. 자기 고백과 확인을 일차적 창작 동기로 삼으면서도 시조의 저류底流에 자신이 오래 겪은 경험 가운데 가장 절실한 기억의 층을 녹인 그녀의 진정성과 속 깊은 마음을 우리는 오래도록 기억할 것이다. "새벽 강 어루만지며/ 피어나는 물안개"는 그렇게 천천히 신비의 미학을 동반하면서 우리 앞에 와 있다. 설레기만 할 첫 시조집 발간을 한없이 축하드리면서 이 시조집이 현대시조의 과제와 기율을 충족한 범례範例로 남기를 희원해 본다. 더불어 우리는 이처럼 아름답게 도달한 시조의 귀한 존재론을 넘어 양희영 시인이 앞으로 개진해 갈 다음 세계를 마음 깊이 기대해 보고자 한다.

양희영

충북 음성 출생
2017년《좋은시조》신인상
한국시조시인협회
오늘의시조시인회의 회원
ichbin0@hanmail.net

물슬천의 아침

—

초판 1쇄 2022년 1월 14일
지은이 양희영
펴낸이 김영재
펴낸곳 책만드는집

—

주소 서울 마포구 양화로 3길 99, 4층 (04022)
전화 3142-1585·6
팩스 336-8908
전자우편 chaekjip@naver.com
출판등록 1994년 1월 13일 제10-927호
ⓒ 양희영, 2022

—

—

ISBN 978-89-7944-790-3 (04810)
ISBN 978-89-7944-354-7 (세트)